ÉPÎTRE

A

TOUS LES PRENEURS

DE

TABAC,

PAR L'AUTEUR

DE

L'ÉPÎTRE A MON NEZ.

Par M. Desmare.

———

A PARIS,

Chez { M⁰. Cornet, libraire, rue du Roule, n⁰. 2.
{ Martinet, libraire, rue du Coq-St.-Honoré.

1806.

ÉPÎTRE

A

DAMIS,

ET

A TOUS LES PRENEURS DE TABAC. (1)

Vous, Damis, qui souvent d'un voisin curieux
Dans vos transports jetez du tabac dans les yeux,
Dont les honteux mouchoirs, exposés à la vue,
Font reculer d'effroi les passans dans la rue ;
Et, vous tous, de cette herbe acharnés partisans,
Qui la prenez aussi dès vos plus jeunes ans,
Dont l'habit, le gilet, le mouchoir, la chemise,
Sont des témoins parlans de votre gourmandise,
Souffrez que, comme ami, sage, éclairé, prudent,
J'ose vous prévenir du sort qui vous attend.
Mon âme, en vous voyant courir à votre perte,
A la pitié pour vous sans réserve est ouverte.
Oui, vous êtes l'objet de mes plus tendres soins.
C'est pour vous que j'écris : je connois vos besoins,
Et plains votre malheur. Dix ans de servitude (2)
M'ont fait subir, hélas ! une épreuve bien rude ;

Mais enfin, délivré d'un joug aussi honteux,
Je marche tête haute, et le nez radieux.
Je veux vous affranchir d'un si dur esclavage;
Je veux briser vos fers; oui, sans plus de langage,
Je veux rendre vos nez aussi clairs, aussi nets
Que des nouveaux louis comptés par nos Rolets. (3)
Considérez pour vous quel honneur, quelle gloire
Damis, de remporter sur son nez la victoire :
» Ce nez qui, comme esclave, avait su l'asservir,
» Comme esclave lui-même est forcé d'obéir. »
Voilà ce qu'on dira. Voyez la folle Hortense
Dire en vous regardant d'un œil plein d'éloquence :
» Quoi ! c'est lui ! c'est ce nez jadis tout barbouillé,
» Qu'on voyait du tabac indignement souillé !
» Grands dieux ! quel changement ! sans craindre la critique,
» Aujourd'hui l'on pourrait en faire une relique. »
Si ce touchant discours ne peut vous attendrir,
Sur vous voyez l'éclat qui doit en rejaillir ;
Voyez ces mouchoirs blancs qui, sortant de l'armoire,
Attesteront aux yeux votre illustre victoire ;
Qui toujours parfumés de rose ou de jasmin, (4)
Régaleront le nez de quelque heureux voisin ;
Voyez tous ces jabots qui, sans tache honteuse,
Deviendront l'entretien de votre blanchisseuse. (5)
Vains efforts ! à ma voix tous sont devenus sourds ;
J'entends déjà tenir contre moi ce discours :

» Quel est ce fanfaron qui, prenant la trompette,

» Va prôner en tous lieux d'une voix indiscrète,

» Qu'un sauvage rirait s'il nous voyait user

» Du tabac, dont partout l'on ne peut se passer ?

» D'honneur, il est plaisant, c'est de lui qu'on peut rire,

» Et son esprit malade est atteint de délire ;

» Mais plutôt en effet s'il a pu s'en priver,

» Ce n'est que par orgueil, et dût-il en crever,

» Animé de l'esprit d'un ancien philosophe, (6)

» Ou plutôt d'un vrai fou, taillé de même étoffe,

» Souffrît-il cent fois plus de la privation,

» Jamais il ne dira que le tabac soit bon. (7)

» Pétit auteur, s'écrie un Crac de la Garonne,

» J'admire, cadédis, votré mincé personne ;

» Si dé tous mes aïeux, des premiers Carmagnac, (8)

» Jé rémonte à la source, ils prénaient du tabac.

» Sandis, et démentant mon illustre origine,

» Jé pourrais !.... ah ! plutôt qué lé Ciel m'extermine.

» J'en ai pris, j'en veux prendre, et toujours j'en prendrai

» Jusqu'à ma dernière heure, ou bien jé né pourrai.

» Il purge mon cerveau, me réjouit, me flatte,

» Dit un autre, et pour moi vaut seul un Hyppocrate.

» Pour moi, dit celui-ci, c'est me prêcher en vain ;

» Je me passerais moins de tabac que de pain. »

C'est là de ses défauts caresser la faiblesse,

Et les flatter ainsi qu'on flatte une maitresse.

Voilà donc de mes soins le salaire et le fruit ?
Voilà sur vous l'effet que mon discours produit ?
Ingrats ! quand pour vos nez je me consume en veilles ,
Quand je souffre pour vous des peines sans pareilles ,
Bien loin de réformer votre appétit honteux ,
Vous transmettez l'usage à vos derniers neveux.
La faute est-elle moindre, alors qu'on la partage ?
Ecoutons le trompeur et doucereux langage
Que tient un jeune époux à sa tendre moitié :
» Ma poule, tu connais pour toi mon amitié ,
» Tu ressens quelquefois maux de tête et migraine,
» Souvent même on te voit te moucher avec peine :
» Crois-moi, prends du tabac, » ajoute en l'embrassant
Le lâche séducteur, qui perce en caressant ;
Et voilà justement, de traîtresse manière,
Comme un serpent perdit notre commune mère.
Je vous entends, Damis, rire de mon courroux.
Mais savez-vous enfin ce que l'on dit de vous :
» Vous parlez de Damis, je n'en suis point jalouse:
» Me préserve le Ciel que je sois son épouse, »
Dit Hortense. (Aussitôt l'on rit à vos dépens.)
» Vous ne connaissez pas ses plus beaux agrémens :
» Sachez que lorsqu'il prend mouchoir ou tabatière,
» Il faut de quatre pas reculer en arrière.
» —Damis ! dit Florimène, ô ciel ! y pensez-vous !
Je ne voudrais jamais avoir un tel époux.

-- Mais c'est un cavalier vraiment de belle mine.
-- Oui.-Grand, bien fait.-D'accord.-Une jambe divine.
-- J'en conviens. — L'esprit vif, agréable, charmant.
-- Il est vrai. — Des salons faisant tout l'agrément.
-- Fort bien. — On ne le voit entaché d'aucun vice.
-- Je le crois, mais il prend du tabac comme un Suisse.»
Voilà ce que l'on dit. Quoique de vos amis,
Que pourrais-je répondre à tout cela, Damis ?
Je vous l'ai dit cent fois, je le répète encore,
Ce que l'on a brûlé quelquefois on l'adore,
Et l'on brûle souvent ce que l'on adorait.
Cessez de votre nez d'être le bas valet ;
De cette poudre noire abandonnez l'usage
Que proscrivit jadis un médecin fort sage, (9)
Ou bientôt je vous vois, vous et vos partisans,
Comme autrefois Sodôme et tous ses habitans,
Subir, tabac en main, la peine de vos crimes,
Et périr, de vos nez déplorables victimes.
Par un MEMBRE (10) déjà la docte FACULTÉ
A prononcé l'arrêt contre vous tous dicté.
Appaisez, s'il se peut, la MÉDECINE entière,
Offrez pour la fléchir et pipe et tabatière.
De tous ces vils objets qu'on dresse un monument ;
Vous, preneurs de tabac, vous y ferez serment
De ne plus à vos nez donner une pâture
Qu'autorise l'usage et défend la nature,

D'abolir un sot us (11) venu de nos parens,

De ne point le transmettre à tous vos descendans.

Alors, peut-être alors, la FACULTÉ contente

Vous ouvrira son sein comme mère indulgente;

Et comme enfans chéris vous vivrez à loisir,

Et ne mourrez jamais que sous son bon plaisir.

*Par l'Auteur de l'*Epitre a mon Nez.

NOTES.

(1) Après avoir adressé une Epître *A mon Nez*, il était juste d'en adresser une *A tous les Nez* à tabac ; je n'ai point cru cependant devoir l'intituler ainsi ; car on conçoit que si je puis en agir familièrement avec mon nez, je dois quelqu'égard aux nez à tabac ou sans tabac des lecteurs.

(2) Voyez l'*Epître à mon Nez*.

(3) Procureur fripon dont parle Boileau.

N. B. Les noms propres sont indéclinables ; mais Rolet étant synonyme de fripon, ne devient-il pas adjectif, et ne peut-on pas dire : que de Rolets aujourd'hui, comme on disait autrefois que de Tartuffes ?

(4) D'eau de rose ou d'eau de jasmin.

(5) Parodie d'Iphigénie, acte 1, scène V.

. . . .
Considérez l'honneur qui doit en rejaillir.
Voyez tout l'Hellespont blanchissant sous nos rames.
. . . .
Voyez de vos vaisseaux les poupes couronnées
. . . .
Et ce triomphe heureux qui s'en va devenir
L'éternel entretien des siècles à venir.

(6) Sénèque dit quelque part : *O douleur, tu as beau me faire souffrir, je n'avouerai jamais que tu sois un mal.*

(7) Ici ce mot est pris dans le sens de *sanus*, sain, salutaire.

(8) Famille gasconne qui existe encore aujourd'hui.

(9) Fagon, premier médecin de Louis XIV.

(10) M. Grellier, élève de l'Ecole de Médecine de Paris (dont je
ne parle qu'avec reconnaissance, attendu qu'avant la lecture de son
ouvrage, je me mouchais de côté, et n'avais jamais su me bien moucher) dit dans son poëme sur l'*Art de se moucher*, ouvrage trop
peu connu et qui mérite d'être lu et médité, surtout par les preneurs de tabac :

> » Je défends le tabac à ceux dont la narine
> » N'a point encor connu cette poudre assassine ;
> » Car les autres par moi sont condamnés à mort ;
> » Et je les abandonne à leur malheureux sort. »

Le même auteur me permettra de citer de son ouvrage le passage
suivant, où il est question des dangers du tabac :

> » Pendant long-temps on n'a vu le tabac que dans les boutiques
> » des apothicaires, et plût à Dieu qu'il y fut resté. . . . A la longue
> » il dessèche les fibres et les membranes des parties supérieures ; la
> » vue s'obscurcit à cause de cela plus promptement, et quelquefois
> » il se forme des cataractes, l'odorat s'altère considérablement,
> » l'ouïe devient dure et obtuse, et même les fonctions intellec-
> » tuelles s'affaiblissent, la mémoire s'efface, l'esprit perd sa viva-
> » cité et devient lourd et pesant, et les observations anatomiques
> » prouvent que les grands fumeurs et les preneurs de tabac ont le
> » cerveau plus sec que d'autres. . . . C'est surtout chez les rapeurs et
> » les écoteurs de tabac que l'on peut remarquer ses mauvais effets :
> » ces ouvriers sont maigres, étiques, très-sujets aux maladies de
> » poitrine, etc. »

(DESBOIS DE ROCHEFORT, *Matière Médicale*.)

(11) Usage, coutume.

ÉPÎTRE

À MON NEZ, (1)

SUR LES INCONVÉNIENS ET LES DANGERS

DU TABAC.

———

C'EST toi, mon *Nez*, toi seul à qui je veux parler ;
Je te vois des défauts que je ne puis céler.
— Des défauts, diras-tu ? quelle mouche te pique ;
A quoi tend ce discours malin et satirique ?
Je ne suis pas un *Nez* d'une énorme grosseur.
— Non. — Peut-on m'accuser d'avoir trop de longueur ?

————

(1) Lorsque nous avons des Epîtres à *mon Habit*, à *mon Bonnet de nuit*, à *mes Tisons*, à *mes Pincettes*, à *ma vieille Calotte*, l'on me permettra sans doute d'en adresser une à *mon Nez*, et s'il suffi-sait qu'une pièce fût intéressante pour l'auteur, pour qu'elle le devînt au lecteur, certes, la mienne aurait cet avantage ; car on conviendra sans peine que le sujet de mon Epître m'intéresse beaucoup, me touche de très-près , et que je ne crains pas de le perdre de vue.

—J'en conviens, tu n'es pas un *Nez* long d'une toise;
De ces *Nez* qu'on verrait de Paris à Pontoise.
— Nul ne m'a vu paraître en public, au logis,
Entouré de bourgeons ou d'indiscrets rubis.
— Je suis loin de te faire une pareille injure;
Ni rubis, ni bourgeons ne souillent ta figure,
Et je bénis le ciel qu'un si cruel affront
Jamais dès le berceau n'ait pu couvrir mon front.
— Je ne suis point camard, et de bonnes lunettes
Pour tes yeux et pour moi paraissent être faites.
—J'en demeure d'accord; va, calme ton effroi,
Je vois beaucoup de *Nez* plus difformes que toi.
— Qui peut donc allumer contre moi cette rage,
Et pourquoi me tenir cet étrange langage?
—Pourquoi!.. depuis dix ans, sans épargner mes soins,
J'ai veillé sans relâche à tes pressans besoins.
Que dis-je, tes besoins? à ton moindre caprice
Tu m'as vu toujours prêt à te rendre service;
Et lorsque je devrais pour prix de mes travaux,
Pour le fruit de mes soins, goûter un doux repos,
D'empoisonner mes jours te faisant une étude;
Tu n'as payé ces soins que par l'ingratitude.
Mais, je le dis enfin, dussai-je t'offenser,
Tu dois, dès ce jour même, au tabac renoncer.
J'entends déjà tes cris, je vois ton insolence;
Tu vas de l'habitude opposer la puissance,

M'accuser d'avarice, et sans nulle pudeur
Donner libre carrière à ta mauvaise humeur.
Je ressens comme toi la peine la plus dure;
Je sais que l'habitude est une autre nature;
Je sais que ton courroux est tout prêt d'éclater;
Mais parlons de sang-froid, et daigne m'écouter.
Du Tabac par mes soins quand tu connus l'usage,
Je crus que te montrant reconnaissant et sage,
D'adoucir mes ennuis tu ferais ton bonheur.
Trompeuse illusion, trop séduisante erreur!
A peine as-tu connu cette poudre traîtresse,
Que tu conçois pour elle une vive tendresse;
Et cette passion allant toujours croissant,
Te rend bientôt malpropre, impérieux, gourmand.
Laissai-je par hasard chez moi ma tabatière,
Va, cours me la chercher; vois dans mon secrétaire,
Me dis-tu. Si je n'ai de quoi l'alimenter,
Il faut pour te servir vîte aller emprunter.
Peindrai-je les excès, (parlons avec franchise)
De ton intempérance et de ta gourmandise?
Lorsque pour t'obliger je me mets tout en eau,
Tu vas porter le trouble en mon faible cerveau,
Déranger l'estomac, altérer la mémoire,
Ourdir peut-être encore une trame plus noire.
Je te vois me nommer de fameux médecins,
Citer en ta faveur des passages latins;

Et t'appuyant surtout du grand peintre Molière,
Me réciter les vers de son *Festin de Pierre*. (1)

> C'est dans la médecine un remède nouveau ;
> Il purge, réjouit, conforte le cerveau,
> De toute noire humeur promptement nous délivre,
> Et qui vit sans Tabac n'est pas digne de vivre.

Je vois qu'il a voulu s'égayer par ce trait ;
S'il vante le Tabac, sans doute il en prenait.
Je respecte avec toi de semblables suffrages ;
Malgré l'autorité de ces grands personnages,
Je ne puis toutefois admettre leurs raisons.
A tous ces beaux discours simplement je réponds :
Avant qu'en nos climats cette herbe narcotique (2)
Eût été transplantée et nous vînt d'Amérique,
L'on se portoit fort bien, et tous nos bons aïeux,
Sans prendre du Tabac, valaient peut-être mieux.
Que de peuples encor méconnaissent l'usage
De cette herbe étrangère ! et lorsque le sauvage

---

(1) Rigoureusement parlant il faudrait : les pensées mises en vers.

(2) Elle fut apportée en France par Nicot, ambassadeur du roi François II auprès de Sébastien, roi de Portugal. Elle fut présentée au grand - prieur et à la reine; ce qui lui fit donner les noms d'*Herbe de l'ambassadeur*, *Herbe au grand-prieur*, *Herbe à la reine*, *Nicotiane*. (DICT. ACAD.)

Fait sur ses membres nus un bizarre portrait
De plantes, d'animaux, de bon cœur il rirait
De voir que, par nos soins, une poudre amassée
Est, dans une autre bouche, et conduite et pressée ;
S'il la voyait mâcher ou brûler à ses yeux,
Puis la rendre en fumée, il rirait encor mieux.
Je ne me plains ici que de ton moindre crime ;
Je souffrirais encor d'en être la victime,
Et je m'applaudirais de mon fâcheux destin,
Si le ciel à ces maux bornait tout mon chagrin.
Mais c'est bien pis vingt fois, quand rempli d'insolence
Tu ne mets plus ni frein ni borne à ta licence.
Et sans parler ici de ta mauvaise odeur,
Que suivrait à la piste un bon chien de chasseur ;
Sur un papier de choix où ma main vient d'écrire,
Une tache (1) est tombée, il faut vîte transcrire.
Je te maudis cent fois ; mais que servent mes cris,
Il me faut malgré moi supporter tes mépris.
Vais-je au bal, au concert, ou dans une assemblée,
Mon jabot est sali, ma cravatte est souillée ;
Il est tard, et je cours me rendre en un festin,
Que faire ? ôter la tache, ou rebrousser chemin ;
Si quelque rendez-vous, le prix de ma tendresse,
Précipite mes pas auprès de ma maîtresse,

-----

(1) La roupie de tabac.

(6)

J'arrive, je l'embrasse, et sur son estomac
Soudain je vois couler des larmes de Tabac.
A ce nouvel aspect bientôt elle s'écrie :
Voilà les doux baisers de l'amant de Julie ! (1)
J'arrête mon pinceau ; je ne pourrais finir
A rendre tous les traits dont tu m'as fait rougir.
Assez et trop long-temps ma lâche complaisance (2)
A de tous ces mépris supporté l'insolence ;
Il est temps qu'elle cesse ; il est un terme à tout,
Et c'est enfin pousser ma patience à bout.
Mais je t'aime, et je sens que malgré ton offense
Ma colère ne peut survivre à ma vengeance,
Et fait place en mon cœur à la tendre pitié.
Ma bonté te pardonne, et de mon amitié
Je prétends te laisser un magnifique gage
Qui toujours du Tabac partout te dédommage.
Pour la boîte à Tabac que je dus t'accorder,
Je donne cent flacons, tu les peux demander ;
Mais ne va pas du moins, dans une folle ivresse,
Dédaigner les effets de ma haute largesse.

---

(1) Saint-Preux écrit à Julie, dans une de ses lettres :

. . . . Garde tes baisers, ils sont âcres.

Nouv. Hél.

(2) Cette Epître étant dans le genre burlesque, l'on s'est permis
de parodier des vers d'auteurs connus.

Cent esclaves chargés du soin de te servir
Et de te bien moucher sont prêts à t'obéir ;
Et cent flacons pendus autour de tes narines ,
Seront par eux remplis des odeurs les plus fines ;
De roses, de jasmins, de jacintes, d'œillets,
Ils te composeront chaque jour cent bouquets,
Et te formant de fleurs l'image d'un parterre ,
Te feront oublier enfin la tabatière.

D******E.

Se trouve ,

Chez Mme. CORNET, Libraire, rue du Roule , n°. 2.

De l'Imprimerie d'A. ÉGRON, rue des Noyers , n°. 49.